Les instants suspendus

Philippe Delerm

Les instants suspendus

Éditions du Seuil
57, rue Gaston-Tessier, Paris XIXe

IL A ÉTÉ TIRÉ DE CET OUVRAGE TRENTE EXEMPLAIRES
DONT VINGT-CINQ EXEMPLAIRES DE VENTE
ET CINQ HORS COMMERCE NUMÉROTÉS DE H.C. I À H.C. V
CONSTITUANT L'ÉDITION ORIGINALE

Pour la citation en exergue :
Alain de Botton, *Comment Proust peut changer votre vie*,
traduit de l'anglais par Maryse Leynaud, © J'ai Lu, 2010.

Pour la citation page 106 :
Christian Bobin, *Une petite robe de fête*, © Gallimard,
coll. « Le Chemin », 1991.

ISBN 978-2-02-146824-3 (éd. brochée)
ISBN 978-2-02-154171-7 (éd. de luxe)

www.seuil.com

À la mémoire d'Éric Holder,
orfèvre du détail secret

Ne vous contentez pas de regarder la campagne romaine, les fêtes vénitiennes ou le visage fier de Charles Ier sur son cheval, mais jetez aussi un coup d'œil au saladier sur la desserte, au poisson dans la cuisine et à la miche de pain croustillant dans l'entrée.

Alain de Botton,
Comment Proust peut changer votre vie

Sortir du tunnel

Ce n'est pas un éblouissement, pas une surprise. On est tout à coup dans cette lumière-là, comme si on l'avait toujours habitée. Pas attendue. Bien sûr on vient de sortir du tunnel, mais le train n'a pas changé de cadence. D'une résignation prostrée on est passé sans transition à un éveil de tout le corps. Il y a juste eu un petit crescendo dans la musique, moins un bruit de moteur qu'une tonalité nouvelle, offerte au vent. Une infime parenthèse entre deux talus, et d'un seul coup : le paysage. On ne peut pas parler d'éclat, ni d'aveuglement. On ne peut pas parler d'un assentiment, ni d'un accord. On a été patient, mais peu importe ce qu'on a été. On est.

Montagne, lac ou forêt, clocher, prairie, vigne sur un coteau, château en ruine ou autoroute, on sait tout absorber, tout devenir. Ça n'a pas grand-chose à voir avec le chant profond du bonheur, ni avec le jaillissement de la joie. Mais on n'est pas si loin de l'allégresse – juste au bord, la nommer serait tout effacer. On se sent à la fois dans la vitesse et dans l'immobilité. Le décor se confirme en se dissolvant imperceptiblement. Comme une géographie intérieure : on n'a pas même à faire l'effort de se rassembler, on change sans changer.

Souvent, on entend cette métaphore : « Il est temps de sortir du tunnel », « On va peut-être enfin sortir du tunnel ». C'est vrai pour une épidémie, une crise financière. Mais dans le train l'opération mentale *sortir du tunnel* n'existe pas. On est dans un tunnel. Le conducteur aperçoit un cercle de lumière au loin, le désire et s'en approche. Le passager n'apprivoise pas de fin. En une fraction de seconde, le passé souterrain s'efface. Ne compte que l'espace où l'on est immergé, confondu.

Difficile de dire combien de temps ça dure. C'est comme un grand coup de fraîcheur, une euphorie si contenue, une extraordinaire sensation d'appartenir à tout ce dont la vitre nous sépare.

L'octascope

Il ressemble comme un frère au kaléidoscope : un petit cylindre, un peu plus mince. Le même œilleton à l'un des bouts. À l'autre extrémité, au lieu d'un cercle translucide, une surface transparente, légèrement bombée. Le kaléidoscope a son pouvoir : les cristaux de verre colorés dansant au fond y dessinent quand on s'y abîme des vitraux insaisissables, éternellement fuyants, que le mouvement infime de la main infléchit sans les commander, dans une liquidité fractale et disloquée. Suivant les nuances des fragments, l'esthétique penche parfois vers l'Art nouveau, et plus souvent vers un orientalisme un peu chargé.

L'octascope est à la fois la même chose et tout le contraire : on plonge aussi à l'intérieur, mais pour y échapper. Ses parois de verre réfléchissent la réalité. La première fois, on a l'impression d'une révélation. Qu'est-ce que le réel ? Les éléments qu'on en perçoit dans l'octascope sont les choses et ne le sont pas. Un petit bout de lampe basse démultiplié en rosace d'ambre chaude. On déplace à peine l'objectif, et ce sont les croisillons de la fenêtre qui deviennent la structure de l'image, accueillant le dossier d'un banc dans le jardin, les bourgeons de la vigne vierge battant les carreaux. On aime dans un premier temps distinguer les éléments contigus d'un univers si familier. Mais vite on préfère les abandonner pour une étrangeté plus singulière. Tout s'accorde et se superpose. C'est de la pure poésie, cette façon qu'a l'octascope de fabriquer un monde où l'on se perd en reconnaissant tout.

À la différence de l'image du kaléidoscope, celle de l'octascope n'est pas engloutie par la suivante. On peut y revenir, et c'est important de le sentir, même si on n'y revient guère. L'octascope n'est pas une fuite, mais une hallucination harmonieuse de l'ordinaire, multiplié dans la lumière. Un voyage absolu. On va rester longtemps, le cylindre à la main, dans un ailleurs tout en éclats d'ici.

Tête de veau gribiche à Issoudun

Elle est croquignolette, la première phrase de *La Rabouilleuse*, de Balzac : « En 1792, la bourgeoisie d'Issoudun jouissait d'un médecin nommé Rouget, qui passait pour un homme profondément malicieux. »

Déjà, *La Rabouilleuse*. Le titre est à la fois évocateur et très abstrait. On imagine bien qu'à l'époque où Balzac publia son roman ce mot devait sembler d'une métaphorique transparence. Mais sa disparition dans l'usage l'a depuis passablement obscurci. Il demeure pourtant chargé d'une familiarité poissarde et vaguement ironique. Nous ne serons pas autrement surpris d'apprendre par *Le Petit Larousse* qu'un(e) rabouilleur(euse) était une « personne qui troublait l'eau avec des branches pour prendre le poisson ». Le rythme et les sonorités appelaient déjà des allusions marécageuses, une façon pas dégoûtée d'envisager la condition humaine. Mais la première phrase monte encore d'un ton : *la bourgeoisie d'Issoudun jouissait*. Ces cinq mots accolés ont un singulier pouvoir. Cela ne nous choque pas outre mesure qu'Issoudun soit réduite à sa bourgeoisie. La bourgeoisie semble vouée à l'essence d'Issoudun, ou bien l'inverse. Mais il nous plaît de savoir que cette bourgeoisie *jouissait*, et l'imparfait prête à cette extase une durabilité inattendue. On sent qu'Honoré se frotte les mains en écrivant. *Jouir d'un médecin* pourrait se justifier s'il s'agissait d'un prodigieux guérisseur, mais l'ironie revient au galop, car ce médecin *passait pour un homme profondément malicieux*. On caresse déjà la candeur idéale de l'opinion publique, et l'on sent bien que *malicieux* désigne une canaille.

Cela fait beaucoup pour Issoudun. « Issoudun. Chef-lieu d'arrondissement de l'Indre, dans la Champagne berrichonne, sur la Théols. » *Chef-lieu d'arrondissement dans la Champagne berrichonne* a de quoi faire se pâmer d'aise toutes les confréries germanopratines.

En dépit du préambule facétieux de l'auteur caféinomane, je n'ai pas dépassé les trente premières pages de *La Rabouilleuse*, et ne saurai jamais en quoi celle-ci troublait l'eau des jours. Mais je me suis arrêté à Issoudun. C'est très joli, peut-être embelli dans mon souvenir par le soulagement d'avoir fini par y trouver un hôtel à l'ancienne, où le patron et la patronne se chamaillaient sans vergogne. La nuit qui tombe tôt, personne dans la salle, et au dîner une tête de veau sauce gribiche.

La tête de veau gribiche, c'est comme Balzac. On mange surtout les mots, les premières bouchées. Puis on se lasse, on trouve que la gribiche et l'ironie ne ravigotent pas assez la lourdeur du propos. Mais le début était parfait. Tête de veau gribiche à Issoudun.

La parabole de l'oursin

Rien de vraiment spectaculaire. Dans ces agglomérats allongés de coquillages déposés par la marée, c'est un de ceux qu'on voit le moins, au milieu des couteaux, des os de seiche, des coques et des moules. On ne risque pas de s'extasier comme devant l'étoile de mer. C'est peut-être le plus énigmatique, le plus éloigné de l'idée que l'on s'en fait. Terne, échevelé, pas ragoûtant. Une petite boule équivoque, embarrassée d'un manteau sale d'herbes collées. Mais puisqu'on vous le dit, c'est un oursin.

Oursin… On pense à un plateau argenté dans un restaurant luxueux, de précieux bijoux de chair sophistiquée sertis pour accroître le désir dans une gangue d'épines redoutables. Il faut s'y résigner. L'oursin finit ainsi, abandonné, piteux, à marée basse. On le saisit, et le creux de la main semble espérer une autre histoire. Machinalement, l'index éprouve les poils collés, s'étonne de pouvoir les détacher, les effacer. Sous la pelade, la carapace est ferme, et l'on se dit que ça serait presque beau, si l'on pouvait tout nettoyer.

C'est beau. D'une rondeur à peine oblongue. Sous les anciens piquants devenus coiffure honteuse on sent des aspérités minuscules. Bientôt on les voit dessiner des bandes régulières, d'une symétrie parfaite, sur un fond vert-gris d'une tonalité si raffinée, si discrète, si peu méditerranéenne. Il y a un orifice. On aperçoit un opercule qui danse, prisonnier dans ce hochet. On distingue à l'intérieur, à contre-jour, une structure délicate, ponctuée au sommet par cinq trous d'aiguille. C'est drôle. On pense tout de suite à un bâtiment idéal. Regarder dans l'oursin desséché, c'est la même émotion qu'en pénétrant dans la Sagrada Família de Barcelone. Une architecture d'élan et de lumière, mais qui s'allierait à la douceur d'une rotondité rassurante. Une cathédrale qui serait aussi une mosquée. La parabole d'un oubli après la mort plus fort que la beauté des hommes.

Et Stan Smith se fait souple

Stan Smith. Le nom est à la fois tonique et confortable. L'allitération, le chuintement du *s* le font pénétrer sans effort dans la conscience collective. Mais compte aussi la familiarité du diminutif. On ne saurait qu'être de convivialité facile avec Stan, même si le *Smith* l'éloigne aussitôt dans un anonymat anglo-saxon.

Stan Smith, c'est un nom de chaussures désormais. Ce qu'on appelait des *tennis*, mais qu'on désigne aujourd'hui souvent par cette petite phrase un peu admirative et vaguement ironique : « Tu as mis tes Stan Smith ! » Le concept est en effet plutôt flatteur. Pas un luxe spectaculaire, mais un gage de qualité, de décontraction, mêlées d'une pointe d'élégance.

Pas grand-chose toutefois pour distinguer les Stan Smith de tant d'autres chaussures blanches.

Le petit motif rouge, ou vert ou bleu sur le talon, et, en haut de l'empeigne, le visage reproduit d'un moustachu qui disparaît sous le lacet.

Pas n'importe quel moustachu. Stan Smith. Un joueur complètement oublié du début des années soixante-dix, qui n'avait ni le palmarès ni le charisme de Rod Laver, de Roy Emerson ou de Ken Rosewall, ni les facéties d'Ilie Năstase. Un des meilleurs mondiaux, mais un de ces meilleurs qui s'effacent, trop lisses, sans autre envergure qu'une qualité tennistique incontestable et routinière. Un grand échalas, excellent serveur et retourneur, volontiers audacieux au filet, davantage par efficacité que par tempérament. Un physique presque caricatural d'officier colonial britannique, la raie parfaite sur le côté des cheveux blonds. Habillé tout en blanc bien sûr, mais comme on le serait d'un uniforme à l'heure du thé servi dans la case par un indigène. Les jours où il faisait un peu trop froid sur Wimbledon, il s'échauffait avec un pull en pointe torsadé sans manches, et c'était son ultime fantaisie.

Par quel subterfuge est-on passé de son impeccable rigidité à la souplesse si accueillante des chaussures ? Sur Internet, on trouverait sans peine le lien entre ce joueur sans sel et le formidable succès commercial des tennis connues sous son patronyme. Mais on n'a pas envie de savoir. *Stan Smith* est une éblouissante figure de style. La métonymie absolue. Aujourd'hui n'existent plus que *les* Stan Smith. Et c'est pervers et délicieux d'avoir juste assez d'âge pour enfiler le cuir si paradoxalement malléable des Stan Smith en ajoutant, comme un nuage de lait dans la tasse de thé, la fadeur extrême du tennisman présent et disparu.

Lumière du soir

La peinture du mur s'effrite. De grandes lignes brisées se dessinent comme des fleuves sur une carte géographique. Des pans se soulèvent, rebiquent à leur extrémité. D'autres sont déjà tombés, révélant des mers intérieures ocre pâle. Les volets gris fermés à l'espagnolette résistent mieux, dans leur encadrement de briques roses. N'importe où ailleurs, la façade trahirait la pauvreté ou l'abandon. Mais on est dans le Midi. La lumière du soir aime ce mur. Elle prend un plaisir évident à le chauffer, le blondir, y installer d'autres frontières à la lisière d'ombre commençante. On n'a même pas envie de savoir qui habite là, de faire des pronostics sur l'âge ou les manies des occupants.

Bien sûr on devine une simplicité, une absence de moyens financiers. Le mur boit le soleil fléchissant comme s'il était éternel, livré à la stricte volupté de l'instant. En même temps, il a envie d'aller au bout de son histoire, qu'on laisse les fissures de peinture marquer le cours des jours. Elles disent les matins de gel, les pluies lancinantes et puis trop de chaleur. Il faut le lent chemin de toutes ces blessures infimes pour que le soir soit bon. On est au sud, la vie se fait dehors, après-midis de pêche, matins à la fraîche dans le potager. Le mur n'appartient qu'à lui-même. Il devient la lumière et tout le temps passé.

Avant l'amour

Bien sûr, les années ont passé. On est peut-être moins timide, ou bien moins orgueilleux. Les gestes traverseront des chemins reconnus, des passages apprivoisés. Mais ça ne change rien. Bien avant les gestes, il y a cette seconde ronde où l'on sait tout à coup que l'autre sait aussi. Est-ce que c'est venu en même temps ? Pas tout à fait, et on préfère ne pas savoir qui l'a senti le premier. Ça vient comme un possible, un pourquoi pas, ça vient de la plénitude du jour si ce fut un jour plein, de tout son creux s'il ne fut sans le savoir que cette attente.

On continue à parler d'autre chose, comme si de rien n'était. C'est bien de rien que naît cet infime détachement dans la façon qu'a l'un de continuer sa phrase, qu'a l'autre de se taire. Rien que le jour, et tout le jour passé. On épluche une pomme, on casse une noix, on se reverse un verre de vin d'Alsace. Plus tard, bientôt, il y aura peut-être l'ébauche d'une complicité plus appuyée : « Vraiment pas terrible, la télé ce soir. »

On prend le risque avec un sourire de mauvais élève démasqué, c'est la revanche des années. Mais il ne faut pas trop faire le fier. Si l'on a pu oser, c'est après cette pépite de silence, cette seconde où l'on a pu oser, cet enjeu, cette petite peur, on a toujours plus à risquer qu'on ne croyait, c'est bien meilleur ainsi. Avant la chaleur, la confiance, il faut un peu de gêne suspendue, un peu d'étrangeté avant de tant se reconnaître. Juste avant.

S'approcher de la rose trémière

Vraiment pas bêcheuse, elle ne se formalise même pas quand on l'appelle la grosse crémière. Elle pense avec raison que son vrai nom ne lui convient pas davantage. Rose trémière, c'est trop vieille France, trop sophistiqué. *Trémière* lui prête une aristocratie poudrée, une élégance tremblotante et confinée.

Elle ne se prend pas au sérieux. Elle ne s'habillerait pas sinon avec ces feuilles de chou trouvées on ne sait trop chez quel fripier, parfois criblées de trous, un peu rouillées, et dont les bords déchiquetés semblent un trait d'humour et de laisser-aller. Pas folle. Elle sait bien que sa minceur n'en sera que plus courtisée – la fragilité apparente de sa taille, cette façon qu'elle a de prendre infiniment de la hauteur sans manifester d'arrogance. Elle aime les murs chaulés des cottages, les maisons de pêcheurs, et plus encore les murs d'enceinte. Elle ne s'appuie jamais, elle a sa rigueur, sa dignité. Elle s'aime sur fond blanc, au soleil de juillet, au soleil d'août. Elle rafraîchit en Grèce, réchauffe au Danemark au bord des rues pavées. Par-dessus tout, elle adore en Bretagne être un peu bousculée par les jeunes vacanciers, et ne déteste pas qu'on abandonne la bicyclette en l'inclinant à peine contre le mur et à ses pieds.

Sa fleur est la promesse d'autres fleurs, tant de boutons égrenés sur sa hampe. Épanouie, elle a des tons subtils, des mauves si profonds, presque violets, des roses transparents, si pâles, des rouges un peu garance, un peu coquelicot. La nuance fait qu'on s'approche, pour mieux apprécier la texture. Ce n'est pas de la fleur mais une sorte de papier crépon, à la fois diaphane et résistant. Elle penche, tout juste accablée de sa luxuriance quand le feu d'artifice éclate au début d'août. Mais elle ne veut pas de tuteur, et garde son indépendance. Libre, belle pour qui sait la regarder. Très disparate, un peu comme une hippie en majesté. Les initiés lui donnent un autre nom : la passerose.

La mouche de l'été

Il semble que ce soit toujours la même, chaque année. Elle aime les murs blancs, les contrevents tirés, l'assoupissement de la campagne alentour. Si elle a une comparse, ou plusieurs, elle devient tyrannique, on ne peut la tolérer militaire, en escadrille. Mais seule, elle a sa place dans la chambre. Peut-être parce que rien n'est parfait, que la sagesse invite à pactiser avec la mouche qui bourdonne. On le sent bien : elle est davantage qu'un mal consenti. Avec ses impatiences, ses rémissions suivies de vrombissements exaspérés, de trajectoires folles, elle tisse moins la trame de l'espace que celle du temps. L'été ne serait pas immobile s'il n'enfantait ce dérisoire contre-pouvoir noir. La mouche solitaire fait semblant de passer à l'attaque de la lumière, du soleil étale filtrés par les persiennes. Son rôle est de faire semblant.

Parfois, elle se contente de marcher à pas fébriles sur l'oreiller, sur l'avant-bras. Elle prend plaisir à nous confondre avec le papier peint, le drap froissé. Tout est mêlé par elle, chaleur du corps et tiédeur de la chambre, la peau et le bois du plancher. Elle apprivoise les lisières et trotte imperceptiblement sur les déclinaisons de l'ombre. Bientôt elle va reprendre ses furies, et la fragile paix humaine aura besoin de ses colères simulées pour croire à la possible perfection d'une après-midi de rien en plein juillet.

Les découpages d'Andersen

Hans Christian Andersen a laissé sur la terre une trace si légère. En papier découpé. Il ne pouvait s'en empêcher, c'était presque devenu un TOC, ou une métaphore de sa solitude, de son imagination, de sa résignation. Toujours avec lui des ciseaux, du papier, et sous ses doigts naissaient des silhouettes, des maisons, des arbres, un monde où personne ne se moquait plus de lui, où il pouvait prétendre à l'amour des jeunes filles et à l'admiration de tous.

Il était si euphorique à l'aube, il partait partout en voyage, certain d'être attendu. Dès qu'un quidam lui prêtait l'oreille, il lui lisait sa dernière œuvre. Et chaque fois il ennuyait, et chaque fois c'était un crève-cœur. On le jugeait accaparant, si sûr de lui, si ridicule, et un peu pique-assiette. Alors il découpait, en tristesse, en silence, penchait sur le papier obéissant son étrange regard d'une douceur presque irréelle.

On ne le trouvait pas beau. Les portraits, les photos, les statues représentant Andersen disent tous sa singularité. Ce si long nez pointu, des cheveux frisés incoiffables, des yeux trop grands, presque des yeux d'aveugle. Car il y a des statues de ce personnage gracile. Dans Central Park, au cœur de New York, ou dans le jardin public de Chicago, on a minéralisé ce génie ailé, maladroit, qui ne trouvait d'écho qu'au secret des enfances.

C'est ainsi qu'il est resté, si différent de ce qu'il rêvait d'être, et sans doute beaucoup plus grand. Aimé de tous, lui qui savait si peu se faire aimer. Mais pour toujours léger, découpeur de silence, ami profond de ceux qu'il ne rencontrait pas. Dans un recoin de Central Park, des enfants grimpent en liberté sur les genoux de pierre de Hans Christian Andersen. La vie est étrange parfois, et comme prise de remords se met à statufier les découpeurs de papier.

La veste sur l'épaule

Toute la désinvolture de Belmondo dans À *bout de souffle*. Il marche sur les Champs à côté de Jean Seberg, une cigarette à la bouche.

Dans les films des années soixante-dix, c'est Lino Ventura. Il tient sa veste sur l'épaule, avec deux doigts. Pour être « en bras de chemise » bien sûr, mais c'est davantage. Une désinvolture qui donne à penser que la situation serait « à veste », mais que précisément on a décidé de l'abolir. Parce qu'il fait un peu chaud. Parce qu'on est libre surtout. Souvent, l'autre main se glisse dans la poche du pantalon. Beaucoup d'hommes font comme Lino, surtout en compagnie d'une femme. Pas forcément dans un scénario de séduction. Mais pour revendiquer quand même qu'on est un affranchi, un homme sensible à l'atmosphère aussi, aux marronniers en fleur, au désir d'échapper aux carcans.

Ailleurs qu'en France, à Venise souvent, ou à Milan, on voit des hommes ôter leur veste et la tenir à deux doigts, mais devant eux, le bras tendu, écarté du corps. Cela leur donne une silhouette assez hiératique, précautionneuse, obsédée par le souci de préserver l'impeccabilité du tissu. On a du mal à penser qu'ils peuvent se laisser gagner ainsi par une volupté quelconque de l'air ambiant, d'une balade supposée récréative au milieu d'une journée de travail. Malgré le soleil, le bien-être ne prend pas le dessus, la tension l'emporte.

Lino va parfois jusqu'à retrousser ses manches. Il entre en complicité avec les enfants croisés qui jouent au foot – quand la balle s'échappe sur le trottoir, il la leur rend d'un petit intérieur du pied pas si maladroit. Qu'est-ce que ça peut faire après tout si la veste prend quelques plis, faudrait-il vivre sans risquer les marques de la vie ? Le beau temps printanier ne souhaite pas qu'on le célèbre à gestes compassés. Les marronniers en fleur aiment la veste sur l'épaule.

L’album de l’expo

Il n’existait qu’en langue anglaise. On l’a trouvé au cours de ce délicieux passage à la librairie du musée qui suit les visites enthousiastes. De celle-ci, consacrée à des estampes japonaises contemporaines, il fallait une trace, quelque chose qu’on puisse emporter chez soi, comme s’il y avait deux possessions, différentes et presque antagonistes, des images que l’on aime. Celle du musée a son pouvoir, à cause ou peut-être grâce aux petites entraves, l’insistance de ce couple à demeurer planté devant le tableau préféré, l’autosatisfaction des commentaires proférés à voix haute. Celle de la maison, imaginée dans le vieux fauteuil avachi, sous la lampe basse, est comme un rapt : l’album *Water and Shadow* promet la dégustation éternelle des bords de lacs ombrés, du feuillage indécis des arbres dans la nuit, des lumières chaudes, au loin, dans une maison qui n'existe que par elles. Des bleus du soir et des bleus du matin, de tant de neiges, et quelquefois d'une douceur d'automne. Oui, on va posséder tout cela, y vivre d'autres vies dans la matité parfaite du papier, ça sera presque trop facile.

Tellement facile qu'en rentrant chez soi on glisse *Water and Shadow* dans la bibliothèque, entre Vallotton et Spilliaert, et qu'on n'y touche plus. C'est étrange, ce plongeon dans l'oubli des atmosphères dont on pensait s'accompagner à l'infini. Leur grand moment, c'est celui de la découverte, en feuilletant le livre dans la librairie du musée, en se disant le texte anglais ne semble pas si difficile, et puis il y a toutes les estampes qui m'ont plu, soudain apprivoisées, entre mes mains, dans le silence.

Il faut que ça fonctionne ainsi. Des années plus tard, et en cherchant tout autre chose, on tombe sur *Water and Shadow*. Tout le désir de l'ombre et de la nuit dans l'eau remonte, et c'est comme un regret, presque un remords. Il faut qu'on se dise c'est idiot, j'avais cela chez moi, en moi, et c'est pour ça que je n'ai pas su y vivre.

La languette du crime

On n'est pas fier d'avoir recours à ce procédé barbare. Mais c'est incontestable : on a vu une souris filer derrière le canapé. Le blé empoisonné, c'est le risque de retrouver un petit cadavre n'importe où, jamais peut-être, ou en tout cas beaucoup trop tard. Alors il faut s'y résoudre : la bonne vieille tapette est bien le piège le plus rationnel, en dépit de sa redoutable simplicité artisanale.

On en trouve encore. Pas dans une droguerie désuète, entre la soude caustique et la cloche à fromage en filet de métal, mais dans un hypermarché des plus aseptisés. Débarrassée de son emballage de plastique, la tapette à souris surgit avec une évidence familière. Elle s'appelle souvent *Lucifer*. Le nom est imprimé juste au-dessus d'une tête d'animal ciblant clairement son usage. Sur le dessin, la souris ne se méfie pas. Elle sourirait presque, derrière ses petites moustaches tombantes. L'alliance du nom et du dessin laisse planer une équivoque. N'est-ce pas l'animal lui-même qui recèle une essence légèrement diabolique ? Mais non, jouons franc jeu : *Lucifer* n'est pas un patronyme de souris ; c'est le nom du stratagème choisi pour tuer, c'est le nom démoniaque du bourreau.

On éprouve la rigidité du ressort aux tons cuivrés, la fragilité de la petite languette troublante par où le crime sera consommé. Ironie du destin : dans cette machinette implacable, le seul élément précaire est cet infime autel de mort qui ballotte hypocritement à la moindre secousse. Couper un dé de gruyère, le glisser sur le clou noir, armer le ressort, y engager la courte tige à l'extrême bord de l'anneau qui le retient : c'est assez dur à avouer, mais tous ces gestes millimétrés, prémédités, s'accomplissent avec une espèce de volupté sordide, et l'effroyable sentiment de mériter la mort de l'autre par la légèreté subtile du traquenard – ah ! cette ultime délicatesse dans la façon de glisser la tapette sur le sol ! Lucifer.

Les lanières du passage

La chaleur, l'été, le Sud. Fin mai, début juin au plus tard, on ouvre la lourde porte de la maison dès le matin, on l'abolit. La frontière entre dehors et dedans n'est plus que cette frêle armature de lanières colorées qu'on écarte pour sortir ou rentrer.

C'est le bruit qui compte. Comme un infime claquement de fouet vers l'ombre ou vers la canicule. C'est curieusement à la fois sec et soyeux, impérieux et désinvolte. Un numéro de dressage de l'instant, paraphé d'un coup de vent. Les occupants de la maison prennent plaisir à multiplier les occasions de sortir et de rentrer, linge à étendre, grain à donner aux poules, inspection de la boîte aux lettres, cueillette du persil. Leur va-et-vient permanent, un peu surjoué, garde une sorte de hiératisme, adoubé à chacune de leurs initiatives par cette caresse, cette invite des bandelettes multicolores qui semblent prêter aux gestes quotidiens une ampleur, une approbation fugitives.

Sortir, rentrer, sortir pour mieux rentrer, rentrer pour mieux sortir, c'est l'essence de la maison qui change, imperceptiblement, se met à balancer avec un petit swing saisonnier. Les visiteurs s'avancent jusqu'au seuil, s'enquièrent d'un sésame qu'ils n'attendent pas pour écarter les franges, pénétrer de plain-pied une intimité qui s'offre sans interrompre l'écossage des petits pois sur la toile cirée. Il n'y a plus la moindre once de clôture ni de méfiance, les lanières en plastique imposent la souplesse et la légèreté, la bonhomie de la rencontre n'a plus à jouer le simulacre de la surprise. On est d'emblée ensemble, côté ombre et côté soleil, fraîcheur et chaleur partagées. La vie est douce et c'est l'été.

Miracle de l'instant

Pas de mise en scène chez Willy Ronis. Il est le photographe de la surprise, de la découverte, de l'instant. Ainsi, lorsqu'il raconte qu'il avait les mains pleines de plâtre quand il aperçut sa compagne s'ablutionnant dans une cuvette, après la sieste. Une photo légendaire si peu préméditée. Ces nus vus de dos qui ont fait le tour du monde, et dont la lumière nous semble infiniment composée, respirent d'une palpitation charnelle, de la satisfaction du secret débusqué.

Mais le sommet du miracle, c'est pour lui le train de péniches photographié en 1959. Accoudé sur le pont, il s'émerveille de cette architecture instable des péniches attachées qui glissent sous lui. Et, dans la dernière, cette scène incroyable : deux gamins jouant au fond de l'immense carapace vide. L'un est assis en conducteur sur la structure de ce qui ressemble à un landau délabré, sans coque. L'autre le rejoint dans l'aventure en écartant les bras. Partager avec eux la liberté de ce terrain à la fois vague et clos, au milieu de la Seine ! On ne voit pas le bout, le probable escalier de fortune qui permet de remonter. Le ciel est ouvert au-dessus d'eux, mais ont-ils le sentiment d'être dans l'eau, entendent-ils les modulations des moteurs effectuant cette manœuvre chenillaire probablement complexe, traversée de soubresauts le long des parois métalliques ?

Ils sont ailleurs. Willy Ronis aussi. Il a le temps d'un seul cliché. Il tremble en revenant chez lui. Et quel bonheur quand il voit apparaître dans le bain de développement le cadeau que la réalité lui fait ! Le cadeau qu'il se fait. Le cadeau qu'il nous fait. Mais tout est de Willy Ronis. L'attente, le regard, la bienveillance.

Il va neiger dans quelques jours

Il va neiger dans quelques jours. Ce sont les premiers mots d'un poème de Francis Jammes, écrit il y a plus de cent ans. Il va neiger dans quelques jours. On sent bien que c'est davantage qu'un pressentiment, mais pourquoi cette certitude ? Quelque chose dans l'atmosphère et quelque chose en soi. Une vacuité, un désir, une attente. Un manque aussi, une mélancolie.

On ne le sait pas, mais on a besoin de sentir qu'il va neiger, qu'il peut neiger. Que la vie va s'embellir, s'adoucir, se glisser sous les couvertures. Ce sommeil-là ne sera que l'envers d'un sommeil. Cette paix ravivera la joie d'enfance, des jeux, des cris poignants sous le ciel sourd, aigus sur les angles abolis. On voudrait que le confinement, l'étouffement soient aussi le dehors, l'espace, le paysage conciliés comme une métaphore flatteuse de soi-même.

Il va neiger dans quelques jours. Ces quelques jours, c'est l'autre part du secret. Il faut qu'il neige, mais seulement dans quelques jours. Comme si l'on n'attendait pas les choses qu'on attend. Comme si l'on avait fait de la tristesse une infinie patience, de la résignation le contre-feu de l'espérance. L'air reste compact, fermé. Il ne se passe tellement rien que tout peut se passer. Un tout qui soit un rien. La solution qui change tout sans rien changer. C'est presque sûr, il va neiger.

Choisir la religieuse

On en voit tellement peu. Pourtant, elles étaient dans la vie. On s'en rend compte quand on regarde un film sur la guerre de quatorze, ou celle de quarante. La religieuse qui soigne les blessés est au cœur du décor, dans un imaginaire presque proche et suranné. Silencieuse et douce, ou bien parfois d'une inflexibilité protectrice, prenez vos comprimés et cessez de vous agiter.

Est-ce la même qu'on commande chez le boulanger, une baguette pas trop cuite, et puis une tartelette aux mirabelles, un paris-brest, une religieuse au café ? Oui, au café, sa sœur au chocolat est bien moins courtisée, c'est drôle. Chez le pâtissier chic, l'éclair au chocolat est la vedette, dans un volume sobre suggérant une intensité cacaotique raffinée. Mais chez le boulanger-pâtissier du village, la religieuse est au café. C'est peut-être à cause de sa générosité de hanche. La choisir au chocolat relèverait de la gloutonnerie. Avec l'idée bémolisée du café, avec la sonorité du mot, cette façon de pincer la bouche au moment d'avouer l'ampleur de la gourmandise, ça passe mieux.

Religieuse. L'anthropomorphisme est provocant. Un petit haut de petit chou, coiffé précieusement de volutes crémeuses – quel rapport avec l'envol de la cornette ? Et le corps du délit, un corps outrecuidant, fourré d'évidence à l'excès, le tout d'une rondeur peu janséniste.

Souvent, les moines et les curés sont déclinés en objets parodiques d'une paillardise embarrassante, dont on se console en se disant que certains ne l'ont pas volée. Mais, pour les religieuses, la transmutation se limite au gâteau, avec plutôt une intention de sympathie, sinon de justesse. Car si les religieuses peuvent s'acheter après la messe, elles ne sont pas liées aux endroits mal famés. On ne voit pas souvent de religieuse, au café.

Découper les pages d'un livre

Non massicoté. Elle paraît toujours étrange, cette expression, pour désigner un livre dont il faut couper les pages. Parce qu'elles ne sont pas passées par la mâchoire affûtée du massicot, cet outil dont on sait peu de chose, mais ce mot dont les sonorités évoquent le secret artisanal de l'impression – oui, les pensées les plus éthérées doivent passer l'épreuve du massicot.

Non massicoté, c'est devenu une rareté. Un luxe, quand il s'agit de volumes aussi recherchés dans la forme que dans le fond, recueils de poésie aux formats improbables, imprimés sur des papiers d'une épaisseur fourrée, avec une éthique livresque qui chuchote aux initiés le langage de l'invite distante – « Venez donc me chercher, je me donne très peu ».

La nostalgie d'un temps que l'on n'a pas vécu, quand ce sont des livres des années vingt, trente. Non massicotés. Demeurés secrets, mystérieux, inviolés. C'est encore plus fort quand c'est un ouvrage qu'on connaît bien, qu'on a déjà lu dans une édition de poche égarée. Alors, *Gens de Dublin*, de James Joyce, traduit de l'anglais par Yva Fernandez, Hélène du Pasquier et Jacques-Paul Reynaud, dans sa première édition française – le vendeur vous l'affirme –, préface de Valery Larbaud, chez Plon – Librairie Plon, Plon-Nourrit et Cie, imprimeurs-éditeurs, 8, rue Garancière – 6e, devient l'objet d'un rituel et d'un enjeu. On veut surtout en arriver à l'ultime nouvelle, *Les Morts*, celle qui a été adaptée par John Huston dans son dernier film. On ne saurait toutefois guider d'emblée le couteau fin – plus tranchant que le coupe-papier – vers le texte désiré. Le livre non massicoté exige ce respect de commencer par la première page, de n'en manquer aucune. On ne coupe pas tout en une seule étape. On prend le temps de s'arrêter, de lire les deux premiers textes, *Les Sœurs* et *Une rencontre*, de découvrir dans le premier un étouffement mortuaire confiné, dans le second un personnage équivoque et des noms de rue dublinois. On lit doucement, pour accroître le désir d'avoir à découper plus loin, à magnifier d'avance le plaisir de retrouver à la fois intact et effacé *Les Morts*, qui ne nous déçoit pas.

Dès la première page, à l'atmosphère reconnue mais nouvellement investie, on ajoute une touche un peu perverse. Yva Fernandez, Hélène du Pasquier et Jacques-Paul Reynaud ont eu beau s'y mettre à trois, leur traduction a des faiblesses. Miss Julia et Miss Kate ne peuvent crier du haut de l'escalier en demandant à leur bonne Lily « qui est venu ». Elles ont distillé chaque invitation, et ne peuvent s'inquiéter que de savoir *qui est arrivé*. Mais ce genre de faiblesse fait partie du charme d'un recueil traduit, participe à la familiarité progressive que l'on prend à venir habiter le papier que l'on déchire un peu çà et là, que l'on ébrèche à trop le désirer. On possède autrement le livre non massicoté. On le pénètre en l'inventant.

Les contrats impossibles

Ce qui compte, ce sont les quelques secondes qui précèdent la catastrophe. Mais on le sait : les contrats à peine signés seront déchiquetés par le bec de la mouette rieuse, ou inondés par un bricolage de la plomberie, ou lacérés par le chat. Évidemment, c'est Gaston le coupable, M. de Mesmaeker connaît son éternel bourreau. Quand il décapuchonne son stylo, la moustache en bataille et la mine rubiconde épanouie, on sait que le destin va frapper.

Se réjouit-on de cette inéluctabilité ? Pas tout à fait. On tremble chaque fois pour Gaston, en sachant bien que l'on a tort. Car ces coups du sort irréversibles, dont le responsable devrait être aussitôt châtié, sont un échec de la logique capitaliste. Gaston n'est jamais renvoyé, on le retrouvera au gag suivant, pareillement encafouiné dans ses idées baroques, artisan d'une vie meilleure et tarabiscotée, rebelle des parcmètres, célébrateur de la paresse, champion du système D.

Ces quelques secondes sont à la fois terrifiantes et jubilatoires. On pourrait se lasser, mais on aime la répétition : là est notre confort mental. On savoure la montée dramatique. M. de Mesmaeker devrait renoncer à signer les contrats, mais M. de Mesmaeker n'est pas vraiment un monsieur : il est réduit à un concept, il est l'échec de la signature des contrats.

C'est de la pure métaphysique. Les contrats signés, ce serait la mort programmée, une paix infinie aussi redoutable que l'éternité. La fin de tout problème, et donc la fin. On ne peut pas être plus moche que M. de Mesmaeker, avec son manteau engonçant, son chapeau ridicule, son gros nez, ses yeux toujours prêts à s'injecter de sang. On voudrait ne pas croire que ce sont les de Mesmaeker qui mènent le monde, et même si on se trompe on a raison. La preuve : les contrats ne seront jamais signés, rien n'est rédhibitoire. Comment nommer cette liberté de tout sauver au dernier moment, de changer en éternité la menace espérée ? On connaît le héros, confus et triomphant. Bravo Gaston.

Convalescence

Il faut être malade et alité. Au début de la convalescence. Une fenêtre a été ouverte dans la pièce à côté. Quelque chose est entré. Une rumeur, une espèce d'assourdissement. Comment les définir ? C'est un peu l'inverse de ce qui se passe quand on écoute la mer dans un coquillage. Il semble alors que c'est l'idée du caverneux qui fait battre le sang aux tempes, suggère la piste d'une réverbération abyssale dans la recherche de l'extrême fond. La fenêtre ouverte donne aussi un vertige de profondeur, mais dans l'amplification d'une matité à la fois familière et insondable.

La vraie vie. Peut-être aussi parce que c'est au-delà de la porte, de l'autre côté de la paroi, dans une proximité incroyablement désirable mais qui demeure interdite. Il y a bien des reprises espacées de moteurs – de scooters, de voitures –, l'irritation dérisoire d'un klaxon. Ils comptent moins par eux-mêmes que par leur façon de souligner une matière de l'air, une épaisseur de l'atmosphère, une fois qu'ils se sont estompés.

Est-ce vraiment de la fraîcheur qui passe sous la porte ? Peut-être à peine une fraîcheur de température. Une fraîcheur de vie. Sentir que les autres bougent quand on reste immobile, réceptacle, à l'écoute, quand cette réclusion n'est plus imposée par l'assommoir d'une vraie fièvre, mais devient presque une coquetterie dégustée – et l'on sait bien que l'on ne va pas tarder à reprendre le cours.

Comme elle est dense, cette présence infime ! Ce n'est rien que de l'air, et d'ici quelques jours on va le pénétrer, l'effacer, le dissoudre. On sait que tout ce désir tient dans une mise en scène de la fenêtre ouverte, de la porte fermée. Et quelque chose en plus qui vibre tout à coup si fort quand rien ne bouge.

La pêche est équivoque

La pêche. Comble de la douceur et reine de l'agacement tactile à la fois. Mais la touche-t-on vraiment ? Même quand on la tient en main, qu'on la soupèse, il semble qu'on ne fasse que l'approcher. La texture de sa peau reste indéfinissable. On serait bien tenté par *velouté*, mais non, ce mot ne dit pas l'imperceptible pigmentation, et *soyeux* ne convient pas non plus. Car la peau est faussement lisse, sournoisement pelucheuse, d'une finesse tellement insistante qu'elle devient irritante, et se change en un reproche : les doigts déconcertés l'accueillent et se rétractent en même temps.

On parle d'*un teint de pêche*, surtout dans les poèmes et les romans du dix-neuvième. Il s'agit de beauté féminine. On imagine une carnation rosissante, d'une fragilité agitée par l'émotion.

L'idée de jeunesse bien sûr, de quelque chose qu'on possède sans le posséder, et qui s'échappe en se livrant. On tente de l'arraisonner : *pêche* devient un adjectif – d'un rose pâle légèrement doré. *Elle portait une robe pêche*. Soit. Mais ça ne marche pas. *Pêche* tout seul, conquis et détaché du fruit, ne dit plus rien.

Il faut saisir, éprouver l'ambiguïté de la sensation, éplucher – tiens, oui, c'est étonnant comme ça peut se détacher en infimes lambeaux presque mats – ou croquer, d'une incisive un peu réticente. Mais la chair gorgée, la moiteur viennent tôt confirmer la confusion, le plaisir et la gêne. Tant de jus, une consistance si fondante qu'on ne l'éprouve pas vraiment.

Ce n'est pas un hasard. La pêche blanche a enfanté tous les hybrides, pêche jaune, brugnon, nectarine, et même la résurgence biscornue de la pêche de vigne. Comme s'il fallait garder l'idée en atténuant l'essence. Mais les fidèles de la pêche blanche, les mains une fois essuyées, n'en finiront pas de suçoter à l'infini le noyau, jusqu'à en extirper le moindre filament au creux des alvéoles. Dans un cérémonial qui aurait traversé le trouble de toutes les mouillures pour se rassurer avec le sec du sec.

Le mystère du Coca

Le fast-food, c'est le politiquement incorrect absolu. Ce qu'on y mange ? De la chimie bourrée de sucre. Le personnel est payé au lance-pierre. Tant de dissuasions pour donner son ampleur délicieuse et perverse à un plaisir inégalé : le Coca invisible.

C'est lui qui déséquilibre le plateau, quand on cherche une place à petits pas hésitants, le regard fouillant la salle. Tout le reste est si léger, hamburger dans sa coque, frites dans leur étui de cigarettes, sundae vanille-fraise. Petit, moyen, grand : on a un peu perdu les pédales au moment de choisir la taille du Coca. Grand, c'est vraiment lourd. On a peut-être eu tort pour la soif, mais tellement raison pour l'idée. Quand on s'installe, on ne se précipite pas. Il faut une lenteur rituelle dans l'approche. Se saisir méticuleusement de la paille, et délicatement l'enfoncer au centre de l'opercule, au milieu de la croix. Au passage du chalumeau, on entend déjà l'entrechoquement des glaçons. Le cylindre de carton est magique de sécheresse aseptisée. C'est tellement plus étrange qu'un verre. À une terrasse de café, on éprouve certes une satisfaction contemplative à sonder les volutes d'un diabolo-grenadine, les marécages ambigus d'un mojito. Mais que dire de ce soda de l'abstraction ?

Bien sûr, le goût rappelle vaguement une boisson familière, mais on la reconnaît à peine. C'est un océan sombre et dangereux qui se livre à petites lampées. Il ne s'agit pas de se désaltérer, mais de prolonger à l'infini une aventure, une plongée dans les abysses. Plus tard on lèvera le bras pour boire, commencer à finir. Mais le meilleur, c'est quand on laisse le gobelet posé sur la table, qu'on incline le visage avec une obédience mystique vers ce mystère encartonné : le Coca bien réel, mais qui demeure imaginaire.

Commander l'eau

Quand on remplit une bouteille avec de l'eau, ou une gourde, voire une carafe si son goulot est resserré. Il faut que l'orifice soit beaucoup plus étroit que le volume. Alors il y a un rythme. Une volonté de domination si c'est au robinet, que l'on commande la pression. Une soumission patiente si c'est le lent écoulement d'une fontaine publique.

Le début du remplissage donne une sensation de plénitude, de sérénité. C'est à la fois très court et très long, et complètement entre parenthèses. Le monde s'active et le monde se repose. De ce vrombissement sourd naît une attente singulière. On ne voit jamais quelqu'un s'énerver en faisant ça. La posture du corps, le regard éteint, est comme une allégorie de l'impavidité. Mais quelque chose se passe. Imperceptiblement, le ronflement de l'eau grimpe vers le moins grave, et bientôt cela vient. Ce chuintement prévu qu'il faut à la fois accueillir et esquiver. Cette abondance que l'on doit maîtriser avant qu'elle ne devienne aspergeuse. Cela dure à peine une seconde ou deux, mais l'idée de fraîcheur est tout entière dans ces secondes-là. Même au cœur d'une maison, d'un appartement, il y a l'idée de fleuve, de courant, le jaillissement de toutes les fontaines. C'est un délicieux paradoxe. Il faut juguler ce que l'on a désiré. Mais surtout éprouver le bien-être idéal de cette aspersion qui n'en est pas une. Le bruit de l'eau dans la bouteille devient chant, urgence douce. On coupe court, mais on reste mouillé de l'intérieur. Pacifié. Accompli.

Le claquement de la portière

Une balade en plein hiver, en bord de mer. On a voulu aller au bout de la baie, descendre sur la plage, remonter la falaise. Il ne faisait pas si froid, mais le mordant est devenu transperçant, presque cruel, avivé par une sorte de mauvaise conscience : on ne devrait pas se sentir aussi transi, le froid aux mains tourne à l'onglée, presque au malaise. On n'aurait surtout pas dû s'assigner ce défi qui paraissait dérisoire et a pris une ampleur dramatique dans le vent fou, le décor déserté. Au loin, solitaire sur le parking, la voiture elle-même semble frigorifiée, tremble sous les rafales. Mais on y est, on appuie nerveusement sur la télécommande, presque surpris d'être obéi, on s'affale. On claque la portière.

C'est incroyable. L'instant précis où le bruit mat monte dans l'habitacle déclenche un bien-être immédiat, total, détaché de toute rationalité. C'est exagérément que l'on soupire aussi fort, et que l'on jure contre les éléments, l'absurde résolution d'aller au bout du bout. Le claquement de la portière est magicien. Il invente d'emblée la bulle protectrice où le corps va quitter en une fraction de seconde sa rétractation hargneuse pour s'arrondir voluptueusement en souplesse, épouser les courbes du siège comme s'il apprivoisait le nirvana. Le vent roule toujours, mais dans une tonalité si sourde, si lointaine, qu'elle semble faire partie du silence.

En un claquement de portière, le masochisme stupide de la promenade s'est transformé en stratégie délibérée. Mais ce n'est pas possible de se sentir bien aussi vite juste après avoir été si mal. Il faut qu'il y ait là un pouvoir qui vous dépasse, une bienveillance enchantée de la structure automobile et du métal. On soupire encore, on fait mine de s'ébrouer sans plus la moindre nécessité. On pourrait revenir au monde en allumant l'autoradio.

Sous le regard d'Holmes et Watson

Ils ne sont pas mariés, ni concubins, et c'est un couple cependant. Bien plus subtile que l'antagonisme métaphysique Don Quichotte-Sancho Pança, la relation Sherlock Holmes-docteur Watson est d'un confort inégalé. Cela tient beaucoup à leur étonnante thébaïde. Le 221 Baker Street est le cœur du monde. Des passagers noués d'angoisse y viennent s'asseoir au bord d'un fauteuil, hagards et médusés d'être bientôt percés à jour. Mais implorants surtout, comme si le seul recours contre toutes les atrocités de la planète devait se négocier humblement dans un désordre confiné, sur ces tapis feutrés. Même les puissants abandonnent toute morgue en exposant leur cas sous le double regard qui les soupèse. Sherlock Holmes, les yeux mi-clos, le menton en avant, si peu avenant, si méprisant. Juste dans leur dos, Watson lâche de temps à autre un mot enveloppant, mais pas encore empathique. 221, Baker Street. Une logeuse passe, silencieuse, s'enquiert d'un éventuel repas à préparer.

Il y a des piqûres d'héroïne plus ou moins masquées, des coups d'archet grinçants, une vivacité brutale succédant à des prostrations habitées côté Sherlock. Watson écrit, ou écrira. Est-ce l'activité qu'on attend d'un médecin ? Tous deux agissent, mais Watson n'est qu'un regard sur leur fausse communauté. Il se fait chapitrer par son mentor, mais lui seul a le droit de lui témoigner de l'impertinence. Ils sont ensemble et si bougons de l'être, le fascinant, le fasciné. Leur couple repose sur une entente invraisemblable et comme concédée. Il faut le célébrateur et le célébré. Sherlock a aimé une femme, un jour, il y a des années-lumière. Et Watson se marie. On n'y croit pas. Ils habitent toujours ensemble, et nous aussi, dans un salon désirable et engoncé au bord de l'aventure : 221, Baker Street.

Tout a fondu

Les poireaux ont disparu dans le mijotage des légumes. Tout a fondu, tout est fondu. Le nuage de fumée au-dessus du plat est la signature du prestidigitateur planant sur ce tour de passe-passe. Le pot-au-feu est d'abord un tableau. Malgré le « Servez-vous, ça va refroidir ! », il exige quelques secondes de silence pour saluer les heures de cuisson, tant de buée imaginée dans la cuisine matinale, imprégnée de mystère à feu doux.

C'est beau, le pot-au-feu. Rien qu'à le voir, on éprouve ce moelleux sans confusion, cette promesse d'abandon sans la moindre déliquescence. Les choses ont préservé formes et couleurs, les carottes, les pommes de terre, toutes les viandes. On sait que la chair du plat-de-côtes est devenue si douce que son essence fibreuse ne persistera qu'en apparence, et se délitera dans une consistance nuageuse, surprise d'avoir préservé l'os plat. Mais que dire de la joue, maintenant ses quartiers à la seconde même où elle va se dissoudre ?

Et puis, c'est tout un atelier : reprendre du gros sel, des cornichons, de la moutarde, il y en a de l'ancienne si tu veux. On ne ferme pas les yeux de volupté en s'attaquant au pot-au-feu. On est bien là, avec les autres, au coude-à-coude, le regard vivant, mobile, et le corps affairé. On tartine un peu de moelle sur la mie d'un quignon de pain. On répète les mots, gîte, joue, macreuse, plat-de-côtes, et la parole ne s'envole pas vers des sujets abstraits. On est fondu dans le pot-au-feu, à peine attentif à goûter ce côte-rôtie qui suffit d'habitude à faire fête, il n'est plus que le vin du pot-au-feu.

Plus tard, beaucoup plus tard, quand ils seront partis, il y aura cette bonne lassitude, et ce faux presque-rien : ce soir juste un bol de bouillon – l'essence du jour jusqu'à l'état liquide. Ils avaient l'air content, je crois.

Pactiser avec le vieux tuyau d'arrosage

Le tuyau d'arrosage doit avoir sa vie propre et rétive, son indépendance. S'il est parfaitement encerclé sur un enrouleur vert fluo posé sur pied, s'il se déroule avec souplesse, sans à-coups ni refus, s'il obéit sans rien manifester, c'est qu'il est mort, et ne peut délivrer qu'une eau calcaire, dans une averse trop précipitée que le jardin subit mais dont il n'a pas soif.

Le tuyau d'arrosage n'est vraiment lui-même que suspendu à la diable en cercles inégaux autour des pointes de la grille ou au bout de la branche coupée du cerisier. Il s'en extirpe à regret. Il ne se déroule pas mais se décroche, dans un effort qui révèle sa longueur et sa mauvaise volonté. Car il est double, raccordé, d'essence complexe, rebelle, et emboîté. Au fil du temps il s'est décoré de rustines, stigmatisant les points de fuite et le passage des années. Il garde un petit geyser insolent aux attaches sensibles, le robinet et le raccord… Il faut le revisser, l'amadouer, le cajoler, l'encourager.

L'écoulement de l'eau n'est jamais d'évidence, c'est le jeu. À donner d'emblée trop de pression, on ne ferait que susciter l'adversité, parfois l'abcès. Car ce n'est pas le tout d'atteindre les pivoines avec l'embout. Il faut aussi dissiper des méplats, négocier une ampleur confortable au large des racines du pommier. Alors on peut prétendre à un flux sage et mineur, dont on sent bien qu'il est le bruit qu'il faut pour accorder l'envie des fleurs et le débit de l'eau. Une conversation que l'on entend, que l'on écoute, mais qu'on ne saurait commander. De quel droit pourrait-on infliger une tornade de bien-être ? C'est une histoire de désir, de douceur et d'accord. Les pivoines allumeuses séductrices sont promptes à se donner, mais plus encore à s'affaler à la moindre violence. Elles supportent seulement le tuyau d'arrosage rustiné.

La carte de Noël

Parfois, il reste un peu de poudre argentée dans un coin de ciel. On ne peut s'empêcher d'en scruter le relief du bout de l'index, et malgré toute la délicatesse qu'on y met, la poudre s'éparpille. Mais rien de grave. Cette petite audace technologique démodée n'est pas ce qui compte. Ce qui étonne toujours, c'est la fraîcheur de cette image, la persistance de ce thème, déclinée en nuances différentes et cependant très proches : le rouge-gorge dans la neige. Une carte de Noël anglaise, avec juste les mots « Merry Christmas ». Il y a un plaisir particulier à chuchoter ces deux mots du bout des lèvres. *Merry* convient mieux que *Happy* pour nommer cette scène délicate. Et *Christmas* est magique : ses sonorités évoquent une explosion tout intérieure, une cristallisation douce et givrée – une fête parfaite et davantage encore l'idée d'un meilleur soi.

C'est une carte qu'on retrouve dans une boîte à chaussures, entre le gouffre de Padirac et le lac d'Annecy. On n'envoie, on ne reçoit presque plus de cartes de nouvel an, et celles de Noël ont tout à fait disparu. Pourtant le rouge-gorge dans la neige existe encore ailleurs, sur des couvercles métalliques de boîte à biscuits. *All butter Scottish shortbread petticoat tails*. Mais la référence est implicite : on reconnaît le motif des cartes de Noël.

Comme il paraît étrangement confortable et fourré, ce rouge-gorge. On devrait le sentir transi de froid, mais il se situe au-delà des dépendances climatiques. On ne saurait dire qu'il se pavane dans l'hiver, il ne montre pas d'arrogance. Son rouge flamboyant est une essence, une sublimation de sa propre existence. Pas le rouge du sang mais le rouge du feu. Tout autour de lui, ce n'est pas une tempête de neige, mais une neige au grand soleil qui fond peut-être un peu, s'accroche tout en courbes à une branche nue. Quelquefois l'illustrateur a égrené d'improbables baies rouges, mais le réalisme n'est pas de mise. Le dehors et l'hiver ne sont que des prétextes à se sentir si bien dedans, à refermer la porte en lançant un « Pas chaud » qui va mériter cette opulence d'auberge à la Dickens dans le salon où l'on entend des cris d'enfants. On peut se mentir doucement, tout est parfait. Les rouges-gorges aiment la neige.

Mousse à raser

On est un peu surpris de trouver les mots sur un aérosol. Et plus étonné encore de voir dans les rayonnages du supermarché qu'il y a autant de flacons de mousse que de gel à raser. Le gel, c'est bleu froid, moderne d'une modernité qui commence à dater, façon Roger Moore dans *James Bond*, associée aux cheveux laqués, aux gadgets futuristes de l'Aston Martin DB5. Mais la mousse vient de très loin, accompagnant des attributs anciens qu'on voit dans les films, les westerns, et chez des barbiers chics aujourd'hui, dans leurs vitrines. Le rasoir à grande lame, tenu artistement entre le pouce et l'index, ou plus énergiquement à pleine main pour l'aiguisage, avec aller-retour dynamique sur le boîtier de cuir ; le blaireau ébouriffé, au poil animal devenu au fil des ans synthétique, mais toujours instrument d'une cuisine rituelle. Quand on prenait le temps pour se raser comme pour s'enquérir de l'heure avec une montre à gousset.

Plus besoin d'aiguisage désormais, plus besoin de blaireau. La mousse sort parfaitement crémeuse de l'aérosol à peine secoué. On s'attendait à lui trouver une fragrance, mais il y a une magie aussi à la sentir sous les doigts tout à fait inodore. Couleur de neige immaculée, texture de crème chantilly, elle semble faite pour jouer ou pour être mangée. Elle est une chose et son abstraction, rien de vraiment sérieux. On s'amuse à se raser. Dans le miroir, on prend plaisir à voir l'excès de matière, envahissant le visage bien au-delà des zones concernées, avec des pointes et des collines.

Si le rasage est quotidien, la mousse paraît obéir davantage à un rituel à peu près strict. Mais l'époque a installé le rasage tous les trois à quatre jours, parfois une fois par semaine. Alors le cérémonial prend ses aises, accorde à l'avalanche de la mousse tout ce qu'elle sait donner, jusqu'à la lenteur des ablutions finales, les deux mains à plat sous les yeux, sans trop précipiter la disparition sous l'eau tiède, ni le tamponnage de la serviette.

La douceur presque ineffable de la mousse à raser est à la fois l'antithèse et le comble paradoxal de la pilosité, de ce qui pousse chaque jour plus dru, plus sec, plus rêche. Un absolu inespéré, comme un cadeau d'enfance à la virilité.

Le doigt sur la vitre

Il y a moins de vitres embuées. Dans les trains, on en trouvait presque toujours dans le couloir, en face des compartiments. On s'extrayait de son siège pour se dégourdir les jambes, regarder autrement le paysage, plus librement. Presque plus de wagons à compartiments désormais, et plus ces différences de température qui créaient la condensation. De toute façon, c'étaient surtout les enfants qui osaient tenter un dessin du bout du doigt. On avait gardé cette envie, mais on se contentait en général de ménager un petit espace, une mini-fenêtre d'exploration de la campagne traversée. Dès le contact des doigts avec la mouillure froide, on retrouvait une sensation familière, et le désir réprimé de dessiner vraiment, ou d'écrire un message.

C'est drôle, on s'en souvient encore, en fermant simplement les yeux. Une infime fraction de seconde, c'était mystérieusement doux ; puis, le premier jambage de la première lettre à peine formé, le premier cercle de visage maladroitement esquissé, un peu d'irrémédiable s'amorçait : une goutte d'eau dévalait la paroi vitrée. En fait, même pour les enfants, écrire ou dessiner était un alibi. Ce qui comptait, c'était le plaisir de toucher, surtout quand il fallait enlever un gant pour ça. Une minuscule transgression, un pouvoir aussi de transformer les choses, ou seulement de s'approcher de ce pouvoir.

On peut encore dans les cuisines, quand se mitonnent au creux d'hiver des plats roboratifs et conviviaux. Mais forcément chez des gens qu'on connaît, dans des cuisines où l'on vient musarder, mine de rien. Alors, en s'enquérant des dernières nouvelles, sans s'arrêter de parler surtout, on tente quelques jambages, avec un air de ne pas y toucher.

Le mieux, c'est dans une maison abandonnée où l'on pénètre quelques instants, par effraction, au cours d'une promenade hivernale, écharpe et col roulé. Personne pour vous regarder. On ose vraiment tracer tout un message, et la marque reste un peu. Il n'y aura pas de variation rapide de chaleur dans cette maison de fraude et de passage où la buée s'attarde sur les carreaux. Il y a une magie dans l'évanescence de ce support infinitésimal qu'un souffle efface. C'est comme la vie même : on rêve d'y laisser sa trace, quelques secondes, et juste pour l'idée. Mais, on sait bien. Une mouillure froide, délicieuse, et l'on remet son gant de laine. Déjà une goutte a coulé.

Virreina

Une tasse à café blanche, mince en bas, évasée en haut. En lettres rouges, en petits caractères près du bord, ce mot : *virreina*. Virreina. Le nom d'une place de Barcelone. La lumière d'avril. Un vaste espace libre, des arbres au fond, et, dans un coin, le bar homonyme. Une ambiance étudiante, et ce jour-là, tout à coup, une manifestation féministe qui prend ses quartiers. Des discours, des chants, des danses, des filles qui exécutent des numéros de gymnastique au sol. Beaucoup de sourires au milieu des slogans rebelles.

Envie de rester là, bien après la manif, avec cette chance d'avoir pu trouver une table à la terrasse ensoleillée, nichée contre le quartier populaire et pittoresque. Prendre un café serré dans cette tasse blanche, et se dire que l'instant est là, décanté, suspendu. Alors ce désir presque infantile de posséder le contenant du moment pur, oblitéré par ce mot vif, dynamique et chantant – *virreina.* S'approcher du comptoir, la tasse à la main, et la patronne vous regarde d'un œil interrogateur, un peu inquiet. Sans connaître un mot d'espagnol, essayer de faire comprendre que vous souhaiteriez acheter cette tasse. Elle reste un long moment perplexe, hausse les épaules en signe d'incompréhension, secoue la tête, pense que vous vous plaignez peut-être de quelque chose. Et soudain une lueur dans son œil. Elle a saisi, et souriante, rassurée, évacue familièrement votre geste esquissé d'ouverture de votre portefeuille. Cette tasse elle vous la donne et paraît même un peu flattée.

Rentré en France avec votre butin, vous prendrez souvent votre café dans la tasse *virreina.* Mais c'est étrange. Vous n'y retrouverez pas l'atmosphère de la place, comme si la mémoire trop volontaire répugnait au stratagème.

Cette tasse blanche lettrée de rouge aura son pouvoir pourtant, une force poétique étrangement dévoyée qui vous semblera l'essence d'un café typiquement parisien, à cause de sa forme, de l'éclat de la porcelaine et plus paradoxalement de la nature hispanique du mot *virreina*, de l'accord de tout cela avec vos livres dispersés sur la table basse. La place Virreina et la lumière sont ailleurs, on les retrouvera, mais sans les commander. On aura juste apprivoisé la savoureuse incertitude de la tractation.

La mort du chien

Un chien mort, couché sur le flanc. Toujours la même position : cet allongement du cou, comble de la douceur, de la douleur. Est-ce le paroxysme de l'allégeance, de la soumission propre aux canidés ? Mais les vaches et les chevaux ont aussi cet étirement de souffrance et d'abandon, cou allongé, les yeux baissés. Bien d'autres animaux, sans doute. C'est un joli mystère qui nous laisse cois, intime le silence.

Sur le flanc. Le museau cherche quelque chose, un peu plus loin. Est-ce qu'on meurt de l'avoir trouvé, ou de ne pas y parvenir, quand on est chien ? Quand on est homme, on ne sait pas comment on meurt, mais on sait bien qu'on ne meurt pas ainsi. Entre la mort du chien, la mort de l'homme, il y a le même abîme qu'entre le sommeil du bébé et celui du vieillard. Le temps nous crispe, nous raidit, nous rend méfiants et incertains. Pourquoi le temps des chiens les mène-t-il vers la confiance ?

C'est beau, cette attitude de princière humilité. Ce n'est pas s'endormir, mais happer de tout son être un ailleurs étonné. Grandir en se couchant, chercher dans l'absolu du corps offert une petite chance d'âme. Les chiens s'étirent et s'abandonnent. Les regrets, les remords ne sont pas invités, et c'est bien ça qui nous exile, juste avant d'être triste avec des souvenirs – cette balle de tennis qu'il rognait d'excitation quand on la lui lançait, cette photo dans les Landes où il courait en lisière des vagues. On se tait quelques secondes. Ce qu'il y a de plus fort dans les chiens qui nous quittent, c'est cette façon-là. Allonger le cou vers la mort.

Le moteur de la deux-chevaux

Comme on garde la musique de quelques phrases prononcées par ceux que l'on aimait, on a en nous des bruits miraculeux, intacts et singuliers. Le moteur de la deux-chevaux. On ne l'entend presque plus jamais. Parfois, en pleine ville, une procession publicitaire, trois ou quatre modèles et un slogan sur les portières. Elles font leur petit effet. La deux-chevaux suscite toujours la sympathie, un sourire de nostalgie, c'était humble et c'est devenu chic.

On n'avait pas besoin de ça. On l'a en soi, le ronronnement de la deux-pattes. C'est très spécial, une mélodie tout en mineur qui mouline du vent feutré, ébranle imperceptiblement la courbe des tôles, souligne leur fragilité. Quand elle prend un peu d'ampleur, quand elle passe en troisième, elle ne monte pas vraiment vers l'aigu, mais semble déclencher des soubresauts, un affairement si paisible. Le curé ne veut pas manquer l'heure de la messe, un étudiant a ouvert le toit pour inventer le vent. Souvent, c'est un pêcheur. Le moteur de la deux-chevaux aime quitter la partition de la route et se mettre à brinquebaler sur un chemin de halage. C'est un hoquet tout doux, un vieux labrador qui fait semblant de prendre des libertés et s'en revient toujours au pied. Un bruit gris pâle, si monocorde en apparence, mais sa gaieté s'est installée dans la modulation des reprises, avec toujours en fond rythmique une sorte de halètement tranquille, une façon de se moquer à l'avance de ses audaces mélodiques, et puis de revenir à l'essentiel, un accord prolongé, une chanson si simple et qui balance avec l'assentiment du paysage.

Repeindre la grille

On les connaît de vue. On échange d'ordinaire avec eux un bonjour d'autant plus énergique qu'on ne se dit rien de plus – aucune promesse de conversation en vue. Même un échange sur la météo semblerait incongru. Mais là, vous avez envahi le trottoir avec un escabeau. Vous repeignez la grille.

C'est incroyable ce que ça leur fait plaisir. Vous marquez un temps d'arrêt – excusez-moi, j'encombre un peu. Mais non. Vous le sentez d'emblée à l'éclat de leur sourire, à l'enthousiasme de leur dénégation : repeindre la grille est un parfait sésame. Non seulement ils sont descendus sur la chaussée, mais ils y restent plantés, indifférents aux voitures qui dessinent un crochet emphatique pour les éviter.

– Vous en avez pour un moment, dites donc !

– Oh ! Quand on attrape le pinceau, ça donne le moral. Mais gratter avant, ça c'est autre chose !

Ils opinent, ils savent. Les rôles sont distribués à l'avance, le propos n'engage pas vraiment, mais c'est la manière qui compte, une jovialité partagée qui lâche la bonde, comme si elle était restée trop longtemps comprimée dans le bonjour quotidien.

Vous repeignez la grille. C'est limpide, sans équivoque. Ils vous ont percé à jour, et sans l'avoir cherché vous êtes ravi de ce faux stratagème. Car ça vous rend heureux aussi. Tout d'un coup, vous habitez le village autrement, avec une disponibilité joyeuse que le soleil d'avril encourage.

– Y aura pas d'eau avant ce soir !

Il y aura donc d'autres passants pareillement réjouis, quelques nuances dans le dialogue, la même bonne humeur à échanger, et ce constat définitif, proposé par un autochtone si débonnaire ce matin-là, et d'habitude si fermé :

– Quand même, ça y change la goule !

Vendanges tardives

Vendanges tardives. Il y a une magie dans l'accouplement de ces deux mots. Une euphonie, déjà : *vendanges*, l'ampleur de la nasalisation enchantée par le velours de la demi-consonne, puis l'écho de la douceur labiale de *tardives*. Mais, dans l'idée surtout, une antonymie esquissée, plus subtile qu'un chiasme. Comment des vendanges sauraient-elles être tardives ? Vendange, c'est le travail-fête, décidé juste quand il se doit, à la maturité parfaite, obéissant à la nature. Une saison bien sûr aussi, à la fin des vacances, quand tout le monde retrouve en soi la nostalgie d'être étudiant, d'avoir le temps d'un peu d'argent de poche pour aller récolter le raisin, trouver l'amour peut-être.

Tardive n'est jamais à la fête. C'est un constat et un reproche, une arrivée tardive, une contrition bien tardive. Et voilà qu'avec *vendanges* le mot se pare tout à coup d'une langueur inespérée, d'une volupté mordorée. Ce qui vient presque trop tard est le meilleur. On a failli aller au bout du soleil et de la chaleur, mais le sucre venu de là n'a rien à voir avec celui de l'artifice. Vendanges tardives, comme dans le vers d'Agrippa d'Aubigné :

> Une rose d'automne est plus qu'une autre exquise.

Un vin plus subtil, car le travail a rencontré le goût de la paresse. Dans la recherche des raffinements de l'abandon, le luxe des sauternes ira jusqu'à revendiquer la pourriture noble, mais on sent bien la différence. *Pourriture noble* porte des accents de débauche écœurante dans sa perversion cacochyme délibérée. *Vendanges tardives* est une jeunesse prolongée, glissant vers la mélancolie, et célébrant *mezza voce* le mariage de l'automne et de l'été.

Accablement différé

Les réalisateurs de télévision se délectent à saisir au vol entre deux actions d'un match de football les réactions des supporters. Il y a une ivresse à déceler et à partager. Il s'agit d'images très particulières car diffusées sur les petits écrans des téléviseurs, mais aussi sur les écrans géants des stades.

Les spectateurs sont bien sûr focalisés sur le match, mais, le plan s'attardant un peu, ils finissent par se rendre compte qu'ils sont filmés. C'est souvent un de leurs voisins qui leur en fait prendre conscience d'un vigoureux coup de coude dans les côtes suivi de la désignation, bras tendu, de l'écran dieu. La surprise manifestée par les vedettes impromptues est à plusieurs vitesses. Elles semblent dans un premier temps sidérées, mais la rapidité avec laquelle elles s'accommodent de cette starification laisse à penser qu'elles avaient envisagé cette mise en lumière, peut-être méritée par une sophistication particulière de leurs peintures de guerre ou par l'expressivité de leur enthousiasme, un peu plus rarement par l'intrinsèque évidence de leur beauté.

Mais c'est avec l'immersion dans la tristesse que le piratage télévisuel prend sa forme la plus spectaculaire. Vers la fin du match, quand il devient patent qu'il est perdu, on voit de nobles statues prostrées, des larmes qui coulent, des mains qui cachent les visages. Cela tient de la tragédie antique, cette acceptation morfondue d'un destin contraire, et cela donne aux caprices du ballon rond une ampleur douloureuse et captivante. Le plus étonnant reste à venir. Car les victimes de cette injustice intolérable qui veut qu'une des deux équipes l'emporte n'ont perdu qu'en apparence la possibilité de s'arracher à l'horreur du mauvais sort. Qu'elles prennent conscience de leur présence sur l'écran et une lumière stupéfiante irradie leur visage et dissipe en une fraction de seconde leur cérémonial funèbre. Elles étaient malheureuses bien sûr, et dans quelques instants elles le seront de nouveau. Mais un éclair vient de trouer une brèche dans leur supplice. *Elles passent à la télé*.

Il n'en faut pas davantage pour que tout change de nature et d'essence, pour que l'accablement cède place, sans le moindre scrupule de pudeur, à la jubilation.

Passage de l'oie

Très haut dans le ciel on voit parfois se déployer le vol des oies sauvages, escadrille en V parfaite. En mission migratoire, elles planent inaccessibles, obéissant à une nécessité vitale, programmée, hiérarchisée, et un peu dédaigneuse.

Mais, souvent, on ne voit pas tout de suite. On entend, beaucoup moins fort, beaucoup moins haut, beaucoup plus près de nous, une oie sauvage solitaire. Un de ces bruits qui font du bien, nous interrogent sans nous effaroucher. Car on le reconnaît, ce battement, ce frôlement, mais son identification n'est pas immédiate – ce n'est vraiment pas souvent. On ne cherche pas tout de suite dans le ciel. Cela semble sourdre davantage de l'espace apprivoisé, du toit de la maison, du faîte des arbustes.

Peut-on dire d'un bruit qu'il est à la fois sec et ouaté ? Peut-être, oui, pour le vol de l'oie sauvage. Quelque chose qui s'approche sans rien menacer, qui enveloppe avant même de s'incarner. C'est assez fort quand même, et tout, autour de nous, en est saisi.

Alors on réalise que c'est une oie, alors on lève les yeux, en sachant bien qu'on pourrait la manquer du regard – elle va si vite disparaître, survoler d'autres toits. Mais on la voit, si ample et douce, col si allongé. On a juste le temps de l'enfourcher comme Nils Holgersson, de survoler le monde à sa mesure. Elle est un dauphin du ciel, amie, si bienveillante. La lourdeur de son empennage est l'antithèse de sa liberté. On perd déjà de sa rumeur en suivant son image. Pourquoi se sentir consolé ?

Les raisins de la décadence

On n'insistera jamais assez sur l'importance du raisin dans la décadence romaine. Les Romains. Cette race de guerriers, ras du casque et de la jupette, qui se laissaient trancher la main sans desserrer les dents, et franchissaient le Rubicon comme on s'en va acheter son pain. Mais un beau jour – enfin, quelques siècles plus tard, car les images de l'Histoire aiment sauter à pieds joints – plus rien des cœurs d'airain, des légions, des conquêtes : les Romains sont devenus tout flasques. Où sont passés les abdominaux de la cuirasse ? Le galbe du mollet a disparu sous les plis vaporeux d'une toge coupable. Les Romains sont entrés en décadence. Ils ont des coupes, des aiguières, du vin que l'on devine macéré, entêtant et sucré. Les esclaves ont remporté dans les cuisines les plats de viande dégarnis.

Les Romains vont rester là, tout engourdis, assoupis de bien-être. Ils doivent échanger des propos vantards ou fielleux, et rire mollement. Ils mangent du raisin. L'arceau du bras qui tient la grappe, un picorage nonchalant, mais le désir s'épuise. Le Romain décadent aime la fraîcheur du fruit, son abondance ensoleillée, sa lourdeur faussement captive. Le poids du muscat n'a rien à voir avec l'empâtement des anciens conquérants, bornés et repus. Par le truchement du raisin, le Romain décadent voudrait assouvir une soif qu'il n'a plus le talent de s'inventer. Pourquoi faut-il que les Romains ne soient que guerriers bouillonnants ou sybarites impuissants ? À trop vouloir on n'a plus rien, c'est le tableau moral d'une nature morte. Les raisins de la décadence.

C'est la rentrée

Un matin de septembre. La lumière est d'été, déjà presque blonde, mais il fait vraiment frais. Sur le trottoir, un père se penche vers son fils. On ne l'entend pas, mais on devine qu'il lui propose de lui porter son cartable, qui semble un peu accablant, démesuré pour la frêle silhouette. L'enfant fait juste un petit « Non non » d'un mouvement de tête résolu. À quelques mètres, un grand frère donne des recommandations avisées à une fillette qui ne répond pas, retirée dans sa tour d'ivoire. Ah oui ! c'est fort, la rentrée, ça se joue de soi à soi, dans une espèce de bulle inaccessible. On reçoit des conseils, des aides, des avis, tout cela contribue à la gravité du moment, mais glisse en même temps. « Tu n'oublieras pas d'enlever ton pull à la récréation de dix heures, il va faire chaud, en fait ! »

Oui oui. Très frais, très chaud, cela n'existe pas. Le pull gratte sur les bras, on avait oublié la texture de la laine. On a déjà un peu perdu aussi le hâle des vacances, mais c'est surtout une pâleur intérieure, cette certitude de jouer un moment important. Les parents sont intimidés, eux aussi, ils ne parlent pas tout à fait comme d'habitude, ils ne semblent plus vraiment dominer la vie…

Et quand on n'est ni enfant ni parent, ça fait quand même quelque chose, la rentrée. Quand on la croise sur le trottoir, on la partage en douce, par effraction. Cette part de soi que l'on ne pensait pas avoir autant gardée, on en a besoin. Cette démarcation qui donne une tonalité nouvelle dans les journaux, les magazines, à la radio, on en parle. Rentrée politique, rentrée musicale, rentrée littéraire, toutes font référence à la seule qui soit la vraie : la rentrée des classes. Déjà surgit cette idée d'accepter l'automne, et même de le précéder. Et puis une fraîcheur redonnée à tout ce qui nous fait, nous entoure ou nous intéresse. Au travail aussi ça sera la rentrée, des rites retrouvés, un petit goût de récré à la première pause, à la première cigarette sur le trottoir ou au premier café. On ne change pas tellement. On a toujours envie et peur en même temps, on joue les habitués, mais on s'achète un nouveau pull comme on choisirait un cartable. Allez, la vie est neuve, étonnamment, toujours. On est comme le roi d'Ionesco. On veut bien redoubler.

En pleine voie

L'arrêt a été précédé par quelques ralentissements insidieux, apprivoisant l'éventualité d'une immobilisation prochaine. « Le train est arrêté en pleine voie... » Le message du contrôleur suscite quelques indignations fatalistes, et un « Ça y est ! » du voyageur le plus pessimiste, ou le plus exaspéré. En pleine voie, dans la nuit. Le tadam-tadam lancinant et l'oscillation latérale qui semblaient l'essence même du trajet, la contrainte nécessaire à son accomplissement, s'ouvrent en une fraction de seconde sur une immobilité contre nature, et une inquiétude vite engourdie. On ne sait pas du tout où l'on est. On approche le front de la vitre sourde et grasse. Il y a juste une lueur très loin, peut-être au bout d'un champ. En s'abaissant d'un ton, les conversations témoignent à présent d'un souci du voisin que le voyage normal ne laissait pas augurer. On est à l'arrêt, on ne sait pas pourquoi, ni pour combien de temps. Le commentaire du contrôleur s'est achevé sur la promesse dilatoire de *revenir vers vous*.

C'est étrange. On se sent désemparé et en même temps comme délivré d'un ordre des choses dont on ne percevait pas la tyrannie. La substance du temps change soudain de consistance. Un retard, oui, mais sur quoi ? L'impossibilité d'en évaluer le terme et l'incidence invite à plonger dans le vide, à ne rien faire, à demeurer prostré dans une lévitation assez lâche et un peu hypocrite. On pourrait lire, on a un bon bouquin.

Mais on n'a pas vraiment envie d'abandonner cet univers imposé, tout ce creux plutôt confortable.

On a conscience de son corps autrement. On n'est plus dans la vie, et ce n'est pas désagréable – on est davantage dans l'existence, on sent que l'on regarde en ne regardant rien, on pense assez délicieusement que l'on ne pense pas. Victime d'un abandon, on en devient aussi bénéficiaire. On n'est pas si pressé de retrouver la tension ordinaire, la nécessité d'aller quelque part et d'être quelqu'un. On n'a plus d'âge. On est peut-être en Bourgogne, sûrement, mais cela ne veut plus rien dire. On flotte au cœur d'une campagne insondable et plus encore au creux de soi.

Plus tard on prétendra que c'est insupportable. Mais on l'a supporté si bien.

Toile d'araignée

On ne peut pas dire que ce soit un mot d'enfant. Plutôt un mot des enfants. Presque tous l'ont prononcé, traversés par une évidence et une révélation : « Regarde, une étoile d'araignée ! » Et les adultes, pour une fois, n'ont pas eu envie de rectifier.

C'est beaucoup mieux comme ça : une étoile d'araignée. Plus rien de cette architecture mortifère, incroyablement complexe et symétrique, vouée à la prédation. Plus rien de ce qui se comprend, s'explique. Seulement la magie de ce qui se voit, de ce qui se ressemble et s'enchante.

Une étoile d'araignée. Elle est si pure au coin de la grille, un matin de grand froid, dans le soleil levant. Chaque fil un peu inégalement saupoudré de givre est une note parfaite dans une harmonie de nature surnaturelle. Surtout ne pas toucher, ne pas risquer de détruire. Regarder. La créatrice a disparu, s'est effacée de l'œuvre. Une étrange créatrice. Un animal antipathique, redouté jusqu'à faire pousser des cris d'effroi. Un insecte lié à des idées de contamination sournoise dans une chaleur putride, et devenu à contre-emploi un artiste du froid.

Une étoile d'araignée, c'est beaucoup plus qu'une étoile. D'ailleurs, cela n'en a pas la forme. Une structure inconnue, dont le mot *étoile* est le seul à pouvoir approcher un peu la délicatesse lumineuse et dessinée. De la beauté pour faire surgir ces mots sur des lèvres d'enfant. Étoile. Araignée. Le pape est mort. Un nouveau pape est appelé à régner. Araignée, drôle de nom pour un pape. Mais quand les noms ne conviennent plus, ils se réinventent et souvent touchent si précisément, en modifiant le monde : « Regarde, une étoile d'araignée ! »

Trois cailloux, quatre marrons

La tombe n'est pas belle. D'un marbre un peu trop noir, trop brillant, elle n'entretient pas de courtoisie avec les herbes folles des allées. Très plate, elle échappe au ridicule des mausolées biscornus qui la côtoient. Marcel PROUST. 1871-1922. Les lettres dorées semblent d'un éclat factice au regard de ce qu'il nous a laissé. Mais qu'est-ce qui aurait pu convenir, sinon une petite croix blanche, un minuscule rectangle d'herbe, comme en ont les moines dans les jardins des abbayes ou les soldats dans les cimetières militaires ?

Pas de vase, pas de fleurs, pas d'attroupement, même pas une voix dans votre dos pour s'exclamer « C'est là ! ». Et, sur la tombe, ces signes qui pourraient être fortuits, quatre marrons et trois cailloux. On est loin de l'automne, un coup de vent n'a pu les apporter. L'un des marrons est ouvert et maculé de terre.

Ceux qui se sont recueillis là ont posé un signe. Un caillou, un marron, un moins-que-trois-fois-rien, mais c'est parfait. Juste une idée. À qui vous a changé la vie, on ne peut pas offrir. Rien à donner. Mais exprimer un indicible. C'est grâce à lui que les choses ne sont pas les choses, que le désir de trouver le sommeil vous réveille, que le nom de Brabant est mordoré, que l'oubli seul fait naître la mémoire, qu'on peut enfin trouver les mots quand celle pour qui on les cherchait ne peut plus les entendre.

Que sur une tombe un peu trop noire, un peu trop bourgeoise, on le sait bien par lui : un caillou n'est pas un caillou, un marron n'est pas un marron, la mort n'est pas la mort.

Trouver un sujet de texte court

Il y a quelque chose à trouver. Une réponse à donner à une absence de question. Quelque chose doit sourdre d'un ciel sourd. Une raison infime à la chance d'être ici. Chaque fois le même enjeu, le même doute : et si ça ne venait pas ? Mais chaque fois ça finit par venir, un angle d'attaque, une clé dont on ne serait pas le possesseur mais le dépositaire tâtonnant, pour quelques heures. Le besoin de chercher doit demeurer une inquiétude, un tout petit mal-être apprivoisé. C'est de cette imperceptible hostilité que vont naître des signes. Parfois cela fera sourire, tellement ça semble dérisoire, tellement opposé à ce qu'on appelle un sujet. Mais ce sourire-là dit qu'on est sur la piste.

Christian Bobin a écrit une phrase qui n'en finit pas de résonner : « Celui qui est sans lecture manque du manque. » Celui qui écrit ce genre de texte court sait qu'il manque de ce qui va cesser de lui manquer. C'est dans les choses, dans la vie et dans les mots. On ne connaît pas la part des uns, la part des autres. Seulement cette certitude qu'on doit chasser en lisière, pratiquer une maraude buissonnière, un braconnage – déjà une chance en soi, comme une adolescence, rester dans l'attente. La quête est très sérieuse et la découverte presque n'importe quoi, mais le *presque* change tout. Un cristal de neige va se prendre pour une avalanche. Certains diront que c'est un art modeste, on se demande bien pourquoi. On sourira de soi, on trouvera quelqu'un qui sourira.

Table

Sortir du tunnel........................ 11
L'octascope........................ 13
Tête de veau gribiche à Issoudun.......... 15
La parabole de l'oursin 18
Et Stan Smith se fait souple.............. 20
Lumière du soir 23
Avant l'amour 25
S'approcher de la rose trémière 27
La mouche de l'été 29
Les découpages d'Andersen............... 31
La veste sur l'épaule 33
L'album de l'expo 35
La languette du crime 37
Les lanières du passage 39

Miracle de l'instant 41
Il va neiger dans quelques jours 43
Choisir la religieuse 45
Découper les pages d'un livre 47
Les contrats impossibles 50
Convalescence 52
La pêche est équivoque 54
Le mystère du Coca 56
Commander l'eau 58
Le claquement de la portière 60
Sous le regard d'Holmes et Watson 62
Tout a fondu 64
Pactiser avec le vieux tuyau d'arrosage 66
La carte de Noël 68
Mousse à raser 71
Le doigt sur la vitre 74
Virreina 77
La mort du chien 80
Le moteur de la deux-chevaux 82
Repeindre la grille 84
Vendanges tardives 86
Accablement différé 88
Passage de l'oie 91

Les raisins de la décadence 93
C'est la rentrée 95
En pleine voie 98
Toile d'araignée 101
Trois cailloux, quatre marrons 103
Trouver un sujet de texte court 105

DU MÊME AUTEUR

Le Bonheur. Tableaux et bavardages
Le Rocher, 1986, 1990, 1998
et « Folio », n° 4473

Le Buveur de temps
Le Rocher, 1987, 2002
et « Folio », n° 4073

Les Amoureux de l'Hôtel de Ville
Le Rocher, 1993, 2001
et « Folio », n° 3976

L'Envol
Le Rocher, 1996
Magnard, 2001
et « Librio », n° 280

Sundborn ou Les Jours de lumière
Le Rocher, 1996
et « Folio », n° 3041

La Première Gorgée de bière
et autres plaisirs minuscules
Gallimard, « L'Arpenteur », 1997

La Cinquième Saison
Le Rocher, 1997, 2000
et « Folio », n° 3826

Il avait plu tout le dimanche
Mercure de France, 1998
et « Folio », n° 3309

Panier de fruits
Le Rocher, 1998

Le Miroir de ma mère
(en collaboration avec Marthe Delerm)
Le Rocher, 1998
et « Folio », n° 4246

Autumn
Le Rocher, 1998
et « Folio », n° 3166

Mister Mouse ou La Métaphysique du terrier
Le Rocher, 1999
et « Folio », n° 3470

Le Portique
Le Rocher, 1999
et « Folio », n° 3761

Un été pour mémoire
Le Rocher, 2000
et « Folio », n° 4132

Rouen
Champ Vallon, 2000

La Sieste assassinée
Gallimard, « L'Arpenteur », 2001
et « Folio », n° 4212

Intérieur : Vilhelm Hammershøi
Flohic, 2001

Monsieur Spitzweg s'échappe
Mercure de France, 2001

Enregistrements pirates
Le Rocher, 2004
et « Folio », n° 4454

Quiproquo
Le Serpent à Plumes, 2005
et « Petits Classiques Larousse », n° 161

Dickens, barbe à papa
et autres nourritures délectables
Gallimard, « L'Arpenteur », 2005
et « Folio », n° 4696

La Bulle de Tiepolo
Gallimard, 2005
et « Folio », n° 4562

Maintenant, foutez-moi la paix !
Mercure de France, 2006
et « Folio », n° 4942

À Garonne
Nil, 2006
et « Points », n° P1706

La Tranchée d'Arenberg
et autres voluptés sportives
Panama, 2007
et « Folio », n° 4752

Au bonheur du Tour
Prolongations, 2007

Coton global
Circa 1924, 2008

Ma grand-mère avait les mêmes
Les dessous affriolants des petites phrases
«Points Le Goût des mots », 2008, 2010, 2011
et 2019

Quelque chose en lui de Bartleby
Mercure de France, 2009
et « Folio », n° 5174

Le Trottoir au soleil
Gallimard, 2011
et « Folio », n° 5403

Écrire est une enfance
Albin Michel, 2011
et « Points », n° P2976

Je vais passer pour un vieux con
et autres petites phrases qui en disent long
Seuil, 2012
et « Points », n° P3230

Les mots que j'aime
« Points Le Goût des mots », 2013, 2020

Elle marchait sur un fil
Seuil, 2014
et « Points », n° P4070

La Beauté du geste
Seuil, 2014
et « Points », n° P4687

Les Eaux troubles du mojito
et autres belles raisons d'habiter sur terre
Seuil, 2015
et « Points », n° P4422

Journal d'un homme heureux
Seuil, 2016
et « Points », n° P4668

Et vous avez eu beau temps ?
La perfidie ordinaire des petites phrases
Seuil, 2018
et « Points », n° P4932

L'Extase du selfie
et autres gestes qui nous disent
Seuil, 2019
et « Points », n° P5274

Le Buveur de temps
Romans & récits intimes
Robert Laffont, « Bouquins », 2020

La Vie en relief
Seuil, 2021
et « Points », n° P5532

New York sans New York
Seuil, 2022

Le Trottoir au soleil
et autres récits courts
Robert Laffont, « Bouquins », 2022

Proust instantanés
Extraits de La Recherche choisis et commentés
« Points Le Goût des mots », 2022

EN COLLABORATION AVEC MARTINE DELERM

Les chemins nous inventent
Stock, 1997
et « Le Livre de poche », n° 14584

Fragiles
Seuil, 2001 et 2010
et « Points », n° P1277

Les Glaces du Chimborazo
Magnard Jeunesse, 2002, 2004

Paris, l'instant
Fayard, 2002
et « Le Livre de poche », n° 30054

Elle s'appelait Marine
Gallimard Jeunesse, « Folio Junior », n° 901, 2007

Traces
Fayard, 2008
et « Le Livre de poche », n° 32381

Le Caractère de la bruyère
Albin Michel, 2011

Secrets d'albums
Seuil, 2016

Fragments vénitiens
Seuil, 2021

Ici
Seuil, 2021

POUR LA JEUNESSE

La Fille du bouscat
Milan, 1989

En pleine lucarne
Milan, 1995, 1998
et « Folio Junior », n° 1215

C'est bien
Milan, 1995
et Milan poche, « Tranche de vie », n° 37

Surtout, ne rien faire
(illustrations d'Isabelle Chatelland)
Milan Zanzibar, n° 142, 1995

Sortilège au Muséum
(illustrations de Stéphane Girel)
Magnard, 1996, 2004
et « Folio Junior », n° 1707

La Malédiction des ruines
Magnard, 1997, 2006

C'est toujours bien
Milan, 1998
et Milan poche, « Tranche de vie », n° 40

Ce voyage
Gallimard Jeunesse, 2005

C'est trop bien
Milan, 2017

SUR L'ŒUVRE DE PHILIPPE DELERM

Philippe Delerm et le minimalisme positif
de Rémi Bertrand
Le Rocher, 2005

Philippe Delerm
Actes du colloque Chambéry
sous la direction de Claude Cavallero
Université de Savoie, 2013

RÉALISATION : NORD COMPO À VILLENEUVE-D'ASCQ
IMPRESSION : IMPRIMERIE NORMANDIE ROTO S.A.S À LONRAI
DÉPÔT LÉGAL : AOÛT 2023. N° 146824 (2301150)
IMPRIMÉ EN FRANCE